LES

MANUSCRITS

DU COMTE D'ASHBURNHAM

RAPPORT

ADRESSÉ

A MONSIEUR LE MINISTRE DE L'INSTRUCTION PUBLIQUE

ET DES BEAUX-ARTS

PAR

LÉOPOLD DELISLE

ADMINISTRATEUR GÉNÉRAL DIRECTEUR DE LA BIBLIOTHÈQUE NATIONALE.

Extrait de la *Bibliothèque de l'École des chartes*,

Année 1883.

PARIS

H. CHAMPION, LIBRAIRE

QUAI MALAQUAIS, 15.

1883

LES MANUSCRITS
DU COMTE D'ASHBURNHAM

RAPPORT
A M. LE MINISTRE DE L'INSTRUCTION PUBLIQUE
ET DES BEAUX-ARTS [1].

Bibliothèque nationale, 28 juin 1883.

Monsieur le ministre,

L'intérêt que vous avez témoigné, dans ces derniers temps, à la cause de nos bibliothèques et votre ardeur à réparer les désastres dont elles ont jadis été victimes me font un devoir de vous exposer en détail les négociations dont les manuscrits du comte d'Ashburnham ont été l'objet depuis quatre mois et auxquelles j'ai été appelé à prendre une part active. Les questions qui ont été agitées sont encore loin d'être résolues; mais plus d'un point controversé est désormais à l'abri de toute contestation, et nous pouvons espérer qu'un jour ou l'autre il sera fait droit à des réclamations dont le principe est accepté, je crois, par tous les administrateurs de bibliothèques publiques. L'affaire est assez importante pour que l'historique en soit retracé d'après des renseignements authentiques, dont beaucoup n'ont encore été employés ni en France, ni en Angleterre.

Avant tout, il convient d'indiquer en quelques lignes la nature des collections dont il s'agit.

1. Ce rapport a été publié dans le *Journal officiel* du lundi 2 juillet 1883.

I. — Nature et origine des manuscrits d'Ashburnham Place.

L'une des plus remarquables collections de manuscrits qui aient été formées au dix-neuvième siècle est celle que le dernier comte d'Ashburnham a réunie dans le château d'Ashburnham, et qui lui assure un des premiers rangs parmi les bibliophiles contemporains. Elle se compose, en chiffres ronds, d'environ 4,000 articles, répartis en quatre fonds ou séries distinctes, savoir :

Fonds Libri : 1,923 numéros.

Fonds Barrois : 702 numéros.

Fonds Stowe : 996 numéros.

Fonds de manuscrits acquis isolément ou par petits groupes, connu sous la dénomination de *Appendix :* environ 250 numéros.

Le fonds Libri fut acheté en 1847 pour une somme de 8,000 l. st. ou 200,000 fr. ; le fonds Barrois, en 1849, pour une somme de 6,000 l. st. ou 150,000 fr. ; le fonds Stowe, la même année, pour une somme de 8,000 l. st. ou 200,000 fr. Nous manquons de données précises sur la dépense qu'a entraînée l'achat des 250 manuscrits de l'Appendice : mais on ne doit pas s'éloigner du chiffre exact en l'évaluant à 8,000 ou 10,000 l. st., soit 200,000 ou 250,000 fr. Les collections du comte d'Ashburnham peuvent donc représenter une dépense d'environ 32,000 l. st. ou 800,000 fr. La valeur artistique et littéraire de ces collections justifie bien les sacrifices que le noble lord s'était imposés pour en devenir propriétaire. Il suffit, pour s'en assurer, de parcourir les catalogues qui en ont été publiés :

Catalogue of the Mss. at Ashburnham Place. Part the first, comprising a collection formed by professor Libri. London, printed by Charles Hogson. Sans date. In-4° de 240 p. non chiffrées. (Ce catalogue est la reproduction de notes très abrégées que Libri avait rédigées en 1845 pour vendre sa collection et dont la Bibliothèque nationale possède la minute.)

Catalogue of the Mss. at Ashburnham Place. Part the second, comprising a collection formed by Mons. J. Barrois. London, printed by Charles Francis Hodgson. Sans date. In-4° de 392 pages non chiffrées. (Ce catalogue a été rédigé par J. Holmes.)

Bibliotheca manuscripta Stowensis. A descriptive cata-

logue of the Mss. in the Stowe library, by the Rev. Charles O'Connor. Buckingham, 1818 et 1819. Deux volumes in-4°.

Catalogue of the important collection of manuscripts from Stowe, which will be sold by auction by Mess. S. Leigh. Sotheby and C°. On monday 11th of June 1849 and seven following days. In-4° de XL et 252 p.

Catalogue of the Mss. at Ashburnham Place. Appendix. London, printed by Charles Francis Hodgson, 1861. In-4° de 192 pages non chiffrées. (Ce catalogue s'arrête au n° CCIII de l'Appendix. Il y a des feuilles supplémentaires; j'ai eu entre les mains celles qui contiennent la notice des Mss. CCIV — CCXXIV.)

Catalogue of the Mss. at Ashburnham Place, 1853. London, printed by Charles Francis Hodgson. In-folio. (C'est une table alphabétique des Mss. contenus dans les fonds Libri, Barrois, Stowe et Appendix.)

The manuscripts of the earl of Ashburnham. (Ce résumé des catalogues précédents fait partie de la série des documents parlementaires; il a pour titre : *Eighth report of the royal commission of historical Mss. Appendix, part III.* London, ... for Her Majesty's stationery office, 1881. In-folio de 127 pages.)

II. — Dans quelles conditions le comte d'Ashburnham a-t-il acquis les fonds Libri et Barrois?

Je m'écarterais du sujet que j'ai à traiter si je parlais des manuscrits du fonds Stowe et de l'Appendix. Concentrons notre attention sur les fonds Libri et Barrois, les seuls dont il importe ici d'éclaircir l'histoire.

Un volume suffirait à peine pour expliquer dans quelles circonstances et par quels moyens Libri s'était formé une collection d'environ 2,000 manuscrits, dont il arrêta le catalogue vers la fin de l'année 1845 et qu'il se décida à vendre au commencement de l'année 1846. Le projet de vente ne fut communiqué qu'à des amis dont la discrétion était éprouvée, et les personnes auxquelles le secret fut confié s'engagèrent à garder le silence le plus absolu. Libri put leur dire qu'il se déterminait à vendre ses manuscrits après les avoir offerts en pur don à la Bibliothèque royale, dont le Conservatoire n'avait pas agréé un tel acte de munificence.

Mais, s'il a tenu des propos de ce genre en 1846, c'était uniquement pour se ménager un moyen de défense. Jamais Libri n'a offert de donner ses manuscrits à la Bibliothèque royale, jamais il n'a même annoncé publiquement en France l'intention de les aliéner. Voici, d'après les pièces originales que j'ai sous les yeux, comment les choses se sont passées.

Panizzi, qui dès lors était en relations d'amitié avec Libri, se chargea de négocier la vente des manuscrits au Musée britannique. L'affaire fut entamée au mois de janvier 1846; elle était conduite avec un tel secret que le nom même du vendeur ne devait pas être révélé au conseil des Trustees. Le nom de Libri ne fut peut-être pas prononcé; mais un rapport qui fut soumis au conseil dans la séance du 25 avril 1846 annonçait que le propriétaire était « un professeur de Paris, membre de l'Institut, natif de Florence et auteur de l'Histoire des sciences mathématiques en Italie. » Une indication aussi transparente pouvait bien passer pour une divulgation. Aussi Panizzi éprouva-t-il le besoin de prévenir et de repousser le reproche d'avoir commis une indiscrétion et manqué à sa parole. Tel est l'objet d'une longue lettre, en date du 4 mai, dans laquelle Panizzi reconnaît avoir promis le secret d'une façon solennelle et à plusieurs reprises : *Una delle principali o più tosto la sola importante promessa che voi essigeste da me, e che io vi diedi solenne e ripetutamente, fu che questo negoziato dovesse restare strittamente fra noi.* Les indiscrétions dont s'indignait Panizzi n'arrivèrent pas jusqu'à Paris, où les amis intimes de Libri furent seuls au courant des négociations entamées avec le Musée britannique. Aussitôt que ces négociations eurent été rompues, Libri adressa à l'Université de Turin des propositions qui n'eurent aucun succès. L'intervention d'un fonctionnaire du Musée britannique devait le dédommager de ce double échec.

Le conservateur adjoint des manuscrits, John Holmes, était particulièrement lié avec le comte d'Ashburnham, chez lequel venait de se révéler un amour passionné pour les livres rares et surtout pour les manuscrits. Il conçut le projet de lui faire acheter la collection de Libri, que le Musée britannique avait vainement essayé d'acquérir. Lord Ashburnham se fit aussitôt mettre en rapport avec Libri ; il commençait par garantir le secret le plus absolu. C'est M. Holmes qui nous l'apprend, dans une lettre du 24 novembre 1846, où il s'exprime ainsi en parlant de son

ami : « For his honor and secr cy, I would answer as for my own. He has empowered me to mention to you his name in confidence, trusting that, in the event of no result arising from the negociation, his name would not transpire, nor your own. He 's the earl of Ashburnham. » La démarche de Holmes avait un caractère si confidentiel que Panizzi lui-même n'en était pas instruit : « All this is secret, even from our friend Panizzi. »

Il suffit à lord Ashburnham de parcourir le catalogue des manuscrits de Libri pour concevoir le projet de les acquérir. Toutefois, avant de rien conclure, il voulut avoir l'avis d'un libraire, Rodd, qui jouissait de toute sa confiance. Dans les premiers jours de mars 1847, Rodd fut donc chargé d'aller à Paris voir la collection et d'en rapporter quelques volumes propres à en faire apprécier l'importance. Il emportait une somme de 2,500 l. st. (62,500 fr.), qu'il devait laisser entre les mains de Libri, si celui-ci consentait à lui confier un choix de ses manuscrits. C'est ainsi que le Pentateuque orné de peintures et le Livre d'heures de Laurent de Médicis furent apportés en Angleterre. Du moment où lord Ashburnham les eut vus dans son château, le 17 mars, il n'eut plus d'hésitations. Il annonça à Libri que Rodd allait r partir, muni de pleins pouvoirs pour traiter, et comme il savait que le vendeur tenait à s'entourer d'un profond mystère, il s'engageait sur l'honneur à ne révéler à personne ce qui allait se passer entre eux : « Permit me, before I procede further, to assure you that I consider every communication from you as strictly confidential, and that I am bound in honour not to make the slightest mention of any thing that has passed between us to any person whatsoever without your permission. »

J'ignore ce qui se passa dans la seconde entrevue de Rodd avec Libri. Ce qui est certain, c'est que la collection fut cédée pour une somme de 8,000 l. st. (200,000 fr.) et que les manuscrits, soigneusement emballés dans seize caisses, arrivèrent à Ashburnham Place, le 23 avril 1847.

Il importait de donner ces détails pour bien établir que la vente des manuscrits de Libri a été un acte clandestin.

On est moins bien renseigné sur la façon dont Barrois trafiqua de sa collection de manuscrits en 1849. Le marché était conclu quand on en parla à Paris, et personne en France, sinon les agents de Barrois, n'avait de notions exactes ni sur le nombre, ni sur la nature de la seconde collection de manuscrits que le comte d'Ashburnham tirait de la France. Pour s'en convaincre, il suffit de lire les notices qui parurent après la mort de Barrois, arrivée le 21 juillet 1855. La première révélation qui fut faite à ce sujet se réduisait à des not informes que Hænel consigna en 1862 dans *Intelligenz-Blatt zum Serapeum* (nos 18-21).

III. — Les comtes d'Ashburnham ont-ils connu l'origine suspecte d'une partie des fonds Libri et Barrois ?

Malgré les précautions que Libri et Barrois prenaient pour se défaire clandestinement de leurs manuscrits, je suis certain que le comte d'Ashburnham, quand il traitait avec eux, ne soupçonnait pas qu'il était en présence de voleurs ou de recéleurs. Ce qui met sa bonne foi à l'abri de toute atteinte, c'est le soin qu'il prit de faire imprimer les catalogues de ses collections; c'est la libéralité avec laquelle il fit des communications à plusieurs de nos compatriotes, et notamment à M. Paul Meyer. Il n'en faut pas moins reconnaître que, de très bonne heure, il sut parfaitement quelle était la véritable origine d'une partie des manuscrits que Libri et Barrois lui avaient vendus. Il était trop perspicace pour ne pas saisir la portée et la valeur des accusations qui, dix mois à peine après l'arrivée des manuscrits de Libri à Ashburnham Place, s'élevaient en France contre le fonctionnaire qui avait abusé de son crédit et de sa position pour piller les plus riches dépôts de Paris et des départements. Il n'eut pas même besoin de lire les nombreux écrits qui furent alors publiés et répandus à profusion dans tous les pays de l'Europe. Il avait par devers lui les preuves les plus décisives de la culpabilité de Libri.

Personne n'ignore aujourd'hui que ce malfaiteur avait cru dissimuler la trace de ses vols en donnant une apparence italienne aux manuscrits qu'il avait soustraits dans les bibliothèques françaises. Mais c'est au comte d'Ashburnham que revient le mérite d'avoir le premier soupçonné la fraude. Il l'a déclaré très expressément dans une lettre qu'il me fit l'honneur de m'écrire le 16 juin 1869, à la suite d'observations que j'avais pris la liberté de lui soumettre. Voici dans quels termes il parlait de Libri : « Other mss. from his collection contain what I have long suspected and what you state to be fraudulent attemps to conceal the true *unde derivantur* of property that has been lost or stolen. » Après avoir lu une telle déclaration, ce serait faire outrage au comte d'Ashburnham que de prétendre qu'il a ignoré à quelles sources Libri avait puisé pour se procurer les manuscrits les plus anciens de sa collection.

La vérité s'est faite avec non moins d'éclat sur l'origine d'une partie des manuscrits Barrois. Au mois de mars 1866, trois mois après l'arrivée en France du premier exemplaire du catalogue de ces manuscrits, la *Bibliothèque de l'École des chartes*[1] publiait un long mémoire intitulé : *Observations sur l'origine de plusieurs manuscrits de la collection de M. Barrois*. A l'aide de rapprochements d'une rigueur mathématique, il y était établi qu'une soixantaine de ces manuscrits provenaient de vols commis à la Bibliothèque nationale entre les années 1840 et 1848, et le comte d'Ashburnham était le premier à reconnaître, et dans ses conversations et dans sa correspondance, que telle était bien l'origine des manuscrits qui venaient d'être examinés dans la *Bibliothèque de l'École des chartes*.

Ainsi, l'ancien comte d'Ashburnham a parfaitement su qu'il y avait une notable quantité de manuscrits volés dans le fonds Libri et dans le fonds Barrois. La respectueuse admiration dont le jeune comte d'Ashburnham entoure la mémoire de son père ne lui permet pas d'avoir un autre avis sur ces délicates questions. Il a d'ailleurs montré qu'il était parfaitement en état de discuter lui-même des problèmes d'érudition bibliographique. Il nous en a donné la preuve, en 1880, dans une circonstance qui lui fait trop d'honneur pour que je ne la rappelle pas ici.

A la suite d'un article que j'avais publié dans la *Bibliothèque de l'École des chartes*, pour établir que le ms. 7 du fonds Libri se composait de cahiers arrachés dans le Pentateuque qui avait jadis formé le ms. 329 de Lyon, lord Ashburnham avait combattu mes conclusions dans une lettre où il soutenait ces deux points : 1° que Libri aurait eu intérêt à prendre, non pas un morceau du Pentateuque, mais le Pentateuque tout entier ; 2° qu'on ne pouvait pas déterminer à quelle époque les feuillets du Pentateuque avaient été détachés du manuscrit de Lyon. « Tels sont, disait-il en terminant, quelques-uns des arguments que je pourrais faire valoir pour justifier ma détention de ce manuscrit et dont la justesse serait admise, j'ose le croire, par les tribunaux de tous les pays. » Le jour même où je recevais les observations

1. 6e série, t. II, p. 193-264.

de mon honorable contradicteur, le 20 avril 1880, je lui offrais de soumettre la question à des arbitres dont personne ne pouvait récuser la compétence : M. Bond et M. Thompson, du Musée britannique, M. Coxe, de la Bodléienne, et M. Bradshaw, de Cambridge. Le lendemain, lord Ashburnham m'écrivait : « Je ne chercherai jamais à me dérober aux conséquences de mes propres paroles, et je vous promets que, le jour où vous m'aurez fait constater, dans un ouvrage publié en 1837, la mention de l'existence à la bibliothèque de Lyon des fragments du Pentateuque achetés par mon père à Libri en 1847, vous n'aurez pas besoin de l'arbitrage que vous me proposez pour obtenir l'aveu, je ne dirai pas de ma défaite, puisqu'il ne s'agit, après tout, que d'une discussion à l'amiable, mais de ma conversion à vos idées. » Comme réponse à une aussi courtoise communication, j'envoyai la copie textuelle de ce que le docteur Fleck avait dit du Pentateuque vu par lui à Lyon en 1837. Aussitôt après, le 27 avril, lord Ashburnham m'annonçait que la preuve était faite, et il remettait aussitôt entre les mains de M. Léon Say, alors ambassadeur de France à Londres, les fragments du précieux Pentateuque, que la loi anglaise l'autorisait à conserver, mais dont il tenait à faire présent à la France.

Un tel acte ne montre-t-il pas mieux que tout raisonnement que le jeune comte d'Ashburnham sait, comme son père, que les origines du fonds Libri et du fonds Barrois sont très suspectes et que nous ne sommes pas embarrassés pour prouver que tel ou tel article de ces collections provient de vols commis à une époque assez rapprochée de nous ?

IV. — Projets de vente des collections d'Ashburnham Place en 1880 et 1883. — Efforts pour rentrer en possession des manuscrits dérobés aux dépôts français.

Signaler sur la terre étrangère des manuscrits précieux pour notre histoire et pour notre littérature, que des mains infidèles ont soustraits à nos bibliothèques, c'est faire toucher du doigt la nécessité de les rapatrier, même au prix de sacrifices relativement considérables. L'idée de récupérer ceux de nos manuscrits volés qui ont fait la réputation des fonds Libri et Barrois s'est produite il y a déjà longtemps. On ne pouvait pas songer à la réaliser du vivant de l'ancien comte d'Ashburnham, qui tenait à ses manuscrits comme à une partie de lui-même.

A sa mort, arrivée le 22 juin 1878, les collections d'Ashburnham Place échurent à son fils, qui n'avait aucun motif particulier de vouloir les conserver dans leur intégrité. Au commencement de l'année 1880, il fit connaître son intention de vendre les manuscrits de son père, s'il en trouvait un prix satisfaisant. Vous voulûtes bien alors, monsieur le ministre, m'autoriser à m'entendre avec l'administration du Musée britannique sur la marche à suivre pour assurer à l'Angleterre et à la France la possession des monuments qui les intéressaient le plus directement, et pour prévenir la dispersion de collections dont les destinées préoccupent tous les savants de l'Europe. Les conditions d'un partage équitable ne furent pas difficiles à trouver : les volumes du fonds Stowe et de l'Appendix seraient restés à l'Angleterre, et les fonds Libri et Barrois seraient rentrés en France.

Le projet échoua, parce que nos offres, comme celles du Musée britannique, furent jugées insuffisantes. J'avais trouvé équitable de proposer en bloc le double des sommes payées en 1847 et en 1849 à Libri et à Barrois, soit 700,000 francs, sans faire aucune réserve au sujet des manuscrits d'origine suspecte. En repoussant ma proposition, lord Ahsburnham me fit observer « que je n'avais pas calculé les intérêts accumulés, depuis 1847 et 1849, de l'argent employé par son père à l'acquisition des collections Libri et Barrois. » Le reproche était peut-être fondé, mais j'avais pensé qu'un lord anglais pouvait faire entrer en ligne de compte l'honneur de voir son nom à jamais illustré par le souvenir de la collection que son père avait formée et d'où il avait tiré les éléments de publications justement estimées. Quoi qu'il en soit, l'affaire ne fut pas poussée plus loin. J'étais bien certain qu'on y reviendrait un jour ou l'autre, et je ne m'étonnai guère au mois de février dernier quand je fus courtoisement averti par l'administration du Musée britannique que le comte d'Ashburnham offrait aux Trustees de céder l'ensemble de ses collections pour une somme de 160,000 l. st., c'est-à-dire 4 millions de francs [1].

Immédiatement (15 février 1883), j'écrivis au conseil des

1. Au moment même où la proposition était officiellement soumise au conseil des Trustees, le comte d'Ashburnham, par une lettre en date du 11 février, faisait officieusement connaître qu'il avait reçu d'un agent américain des offres pour traiter de l'acquisition en bloc de ses collections de livres imprimés et de manuscrits.

Trustees pour lui remontrer que le fonds Libri et le fonds Barrois contenaient beaucoup de manuscrits volés dans nos dépôts publics et indignement falsifiés. Je le suppliais de prendre en considération notre très vif et très légitime désir de rentrer en possession de monuments précieux pour notre histoire et pour notre littérature, qui, après nous avoir été frauduleusement dérobés, avaient été clandestinement vendus en Angleterre, et au sujet desquels d'énergiques protestations avaient été elevées sans interruption depuis le moment de la vente. Je le conjurais de ne pas associer la nation anglaise aux plus honteux actes de vandalisme, en incorporant dans les collections du Musée britannique beaucoup de prétendus manuscrits qui, en réalité, sont des cahiers arrachés à nos plus vénérables et nos plus anciens manuscrits.

Pour montrer, par un exemple frappant, qu'il n'y avait rien d'exagéré dans ma réclamation, je pris un à un les quatorze plus anciens manuscrits du fonds Libri, et, dans un mémoire lu le 23 février à l'Académie des Inscriptions [1], je prouvai que tous ces volumes provenaient de vols commis, vers l'année 1842, à Lyon, à Tours, à Troyes et à Orléans.

C'est alors, monsieur le ministre, que vous nous vîntes puissamment en aide, en instituant, sous la présidence de M. le sous-secrétaire d'État, une commission [2] chargée de vous proposer les mesures les plus efficaces pour rentrer en possession de nos malheureux manuscrits. Cette commission, réunie d'urgence, reconnaissait à l'unanimité la convenance de contribuer à l'acquisition des manuscrits du comte d'Ashburnham pour une somme proportionnelle à la valeur des articles qui seraient restitués aux bibliothèques françaises.

Muni de vos instructions, monsieur le ministre, je me rendis à Londres, et, avec le concours de M. Paul Meyer, directeur de l'Ecole des chartes, et de M. Julien Havet, archiviste paléo-

1. Le mémoire lu à l'Académie a été publié dans le *Temps* du 25 février et réimprimé avec des notes dans les *Comptes-rendus des séan[ces] de l'Académie*, année 1883, pages 47-75. Il existe un tirage à part de l'une et [l']autre édition.

2. Cette commission était composée de MM. Durand, député, sous-secrétaire d'État au ministère de l'Instruction publique et des beaux-arts, président; Charton, sénateur, membre de l'Institut; Waddington, sénateur, membre de l'Institut; Ribot, député; Lockroy, député; Merlin, maire de Douai, sénateur; Delisle, administrateur général de la Bibliothèque nationale; Meyer, directeur de l'École des chartes; Lalanne, de la Bibliothèque de l'Institut; Charmes, directeur du Secrétariat; Collin, chef du 3e bureau du Secrétariat, secrétaire.

graphe, je dressai une liste d'environ 200 volumes du fonds Libri et du fonds Barrois, qui, d'après des indices plus ou moins probants, nous avaient paru provenir de vols commis dans nos bibliothèques ou dans nos archives, Cette liste fut agréée par M. Bond, administrateur du Musée britannique, et par M. Thompson, conservateur du département des manuscrits. De part et d'autre, il nous parut équitable de fixer à 600,000 francs la valeur de ces 200 volumes, dans l'hypothèse que l'ensemble des manuscrits du comte d'Ashburnham serait payé 4 millions. Il aurait été entendu que la France ne réclamerait aucun autre article des collections offertes en ce moment au Musée britannique.

Sur le rapport de la commission que vous aviez chargée d'examiner la question, vous n'avez pas hésité, monsieur le ministre, à approuver le projet de convention que j'avais rapporté d'Angleterre, et, le 31 mars, dans l'éloquent discours par lequel vous avez clos le congrès des Sociétés savantes, vous prîtes l'engagement solennel de faire « restituer à la France des documents qui sont l'honneur de nos bibliothèques et qui en font la gloire aux yeux du monde savant. »

De son côté, le conseil des Trustees, dans une séance générale tenue le 17 mars, avait adopté la combinaison qui nous paraissait concilier tous les intérêts. Il reconnut la justice de nos réclamations, et, sans rechercher si les vols avaient été commis par Libri ou par d'autres personnes, il déclara que les manuscrits dont il était question n'auraient pas dû sortir des bibliothèques de la France et qu'il fallait donner aux Français le moyen de les recouvrer. En conséquence, le conseil recommandait au Gouvernement l'acquisition de tous les manuscrits de lord Ashburnham et prenait l'engagement de nous rétrocéder, au prix de 600,000 fr., les volumes ou portefeuilles dont la liste avait été arrêtée le 10 mars. Ainsi se trouvait justifié « le public et cordial hommage » que vous avez rendu « à la droiture, à la loyauté de nos voisins d'Angleterre, à l'esprit de justice de leurs savants, aux nobles sentiments des Trustees du Musée britannique. »

Tout semblait donc marcher à souhait, et nous avions lieu d'espérer voir bientôt rentrer en France les précieux manuscrits dont nous avons été dépouillés il y a environ quarante ans. Malheureusement, l'assentiment du Gouvernement anglais, sur lequel l'opinion publique semblait devoir compter, fit complètement défaut. La Trésorerie refusa d'allouer les fonds nécessaires pour l'achat en bloc des manuscrits de lord Ashburnham, et les Trustees furent invités à examiner s'il n'y aurait pas moyen d'acquérir isolément les parties qui touchaient plus particulièrement l'Angleterre, c'est-à-dire les manuscrits du fonds Stowe et de l'Appendice. Après quelques hésitations, lord Ashburnham se décida à les céder pour une somme de 100,000 l. st. qu'il réduisit bientôt à 90,000 l. st. (2,250,000 francs). Dans leur séance du 30 avril, les Trustees recommandèrent cette acquisition au Gouvernement, comme éminemment utile pour le Musée britannique. Cette fois encore leurs conseils ne furent pas écoutés. La Trésorerie répondit qu'on ne pouvait donner que 70,000 l. st. (1,750,000 fr.) pour les manuscrits du fonds Stowe et de l'Appendice. Vainement le Musée britannique offrit-il de prendre à sa charge les 20,000 l. st. de la différence, en subissant une réduction de 4,000 l. st. (100,000 fr.) par an sur son budget ordinaire de cinq exercices financiers. Le Gouvernement persista dans son refus de payer plus de 70,000 l. st. le fonds Stowe et l'Appendice. Ce refus péremptoire a mis fin aux négociations. (*Voyez une note à la fin du rapport.*)

A tous égards, un tel échec est vraiment déplorable. Nous aurions applaudi, sans aucune arrière-pensée, à l'entrée au Musée britannique de deux collections qui auraient singulièrement augmenté l'importance de ce bel établissement, et qui, par là, seraient devenues accessibles au monde savant tout entier. De plus, nous aurions pu espérer que lord Ashburnham, après avoir entamé ses collections dans l'intérêt de l'Angleterre, n'aurait pas repoussé les ouvertures qui lui auraient été faites pour ménager à la France le moyen de rentrer en possession de ses manuscrits, ce qui, pour lui, aurait eu l'immense avantage d'atténuer, sinon d'effacer, le discrédit dans lequel sont tombés les fonds Libri et Barrois.

V. — État actuel de la question. — Sommes-nous bien en mesure de prouver que beaucoup d'articles des fonds Libri et Barrois proviennent de vols commis dans les dépôts français à une date très rapprochée de nous? — Exemples tirés de la Bibliothèque nationale et des bibliothèques de Lyon, de Tours et d'Orléans. — Est-il établi que Libri soit le voleur?

Vous venez de voir, monsieur le ministre, quel fâcheux concours de circonstances a fait évanouir les espérances que nous avons conservées, pendant plusieurs semaines, d'obtenir, au prix de 600,000 francs, la rétrocession des manuscrits dont la perte est un sujet de deuil pour nos principales bibliothèques. La combinaison qui semblait devoir amener cet heureux résultat doit être abandonnée, et le projet de convention auquel le Musée britannique avait adhéré est tombé à l'état de lettre morte. Nos efforts n'ont cependant pas été stériles.

Ce n'est pas un mince résultat que d'avoir vu une autorité telle que le Conseil des Trustees déclarer que l'on devait ménager aux Français le moyen de récupérer les manuscrits indûment sortis de leurs bibliothèques, et la sympathie avec laquelle nos démarches ont été généralement suivies dans les différents pays de l'Europe montre que désormais les hommes éclairés de toutes les nations s'entendent pour flétrir le pillage des dépôts publics et pour reconnaître que les trésors d'art et de science conservés dans les musées, les bibliothèques et les archives forment un domaine inaliénable, à l'intégrité duquel le monde civilisé tout entier doit s'intéresser.

Un jour ou l'autre, ces principes trouveront leur application. Mais jamais nous n'aurons une occasion plus favorable de les invoquer qu'au moment où se posera de nouveau la question de la vente des collections d'Ashburnham Place. C'est en vue de cette éventualité que nous devons mettre en pleine lumière les arguments à l'aide desquels nous pouvons soutenir nos prétentions. Le plus souvent, ces arguments sont d'une telle évidence que le simple bon sens suffit pour en faire apprécier la valeur.

En ce qui touche les manuscrits du fonds Barrois, je n'ai pas à revenir sur les observations que j'ai développées en 1866 et qui ont aujourd'hui l'autorité de chose jugée, puisque, depuis dix-sept ans, aucune de mes conclusions n'a été attaquée.

Pour les manuscrits du fonds Libri, les constatations que les experts, MM. Bordier, Bourquelot et Lalanne, avaient faites avec tant de clairvoyance, en 1848 et 1849, suffisent, à la rigueur, pour éveiller et même pour justifier les soupçons dont beaucoup d'articles, et notamment les recueils de lettres autographes, ont été l'objet dans les trente-cinq dernières années. Mais il est possible d'aller plus loin, en vérifiant minutieusement l'état actuel de nos collections, et en étudiant attentivement tous les anciens catalogues, même ceux du XVIIe ou du XVIIIe siècle, même ceux qui se présentent à l'état de notes informes.

C'est ainsi que je suis arrivé à des résultats indiscutables sur un assez grand nombre de manuscrits de Lyon, de Tours et d'Orléans. Il n'est pas inutile de les indiquer ici, ne fût-ce que pour convaincre les plus incrédules que nos réclamations reposent sur des faits de toute évidence, et non pas sur de vagues présomptions, comme l'ont souvent répété d'imprudents défenseurs de Libri.

MANUSCRITS DE LYON.

Je n'ai guère eu l'occasion d'étudier à Lyon que des manuscrits en lettres onciales. L'examen que j'avais fait, en 1878, du fameux Pentateuque m'avait suggéré l'idée que Libri, ne pouvant pas sans danger s'approprier des manuscrits entiers de la bibliothèque de Lyon, s'était contenté d'y prendre, dans les volumes les plus précieux, un certain nombre de cahiers ou de feuillets qu'il choisissait, de façon à pouvoir en former de petits volumes ayant, au premier abord, l'apparence de manuscrits complets. Ma conjecture était parfaitement fondée. C'est à l'aide de prélèvements adroitement opérés sur les manuscrits 517, 381, 521, 351 et 372 de Lyon que Libri a composé les numéros 2, 3, 4, 5 et 12 de sa collection, dont voici une indication sommaire :

N° 2. Opuscules de saint Jérôme, en lettres onciales. Volume de 19 feuillets, qui ont été arrachés dans le ms. 517 de Lyon, entre les feuillets actuellement cotés 52 et 53.

N° 3. Fragment de l'Exposition des Psaumes par saint Hilaire, en lettres onciales. Volume de 15 feuillets, qui comblent exactement une lacune signalée entre les fol. 117 et 118 du ms. 381 de Lyon.

N° 8. Traités de saint Augustin, en lettres onciales. Volume de 42 feuillets, qui comblent exactement une lacune entre les fol. 33 et 34 du ms. 521 de Lyon. (Cette observation est due à M. Caillemer, correspondant de l'Institut, doyen de la Faculté de droit de Lyon.)

N° 5. Fragment de Psautier, en lettres onciales, contenant en tout ou en partie les psaumes CXI-CXXXIX. Volume de 63 feuillets, arrachés à la fin du ms. 351 de Lyon.

N° 12. Les deux premiers livres du Commentaire d'Origène sur le Lévitique, en lettres onciales. Volume de 13 feuillets, qui comblent la lacune existant entre les feuillets 161 et 162 du ms. 372 de Lyon.

MANUSCRITS DE TOURS.

Le désordre le plus complet régnait à la bibliothèque de Tours quand Libri la visita en 1842. Le désordre l'enhardit à un tel point qu'il ne se contenta pas d'y mutiler un certain nombre de manuscrits précieux comme il l'avait fait à Lyon. Il y prit des manuscrits entiers sans être arrêté ni par la taille ni par le poids des volumes.

L'étendue des ravages commis à Tours par Libri a pu être appréciée depuis que les travaux de M. Dorange ont rétabli l'ordre dans le dépôt et ont exactement fait connaître ce qui subsiste des anciens manuscrits de Saint-Gatien, de Saint-Martin et de Marmoutier. En prenant pour base d'opération le catalogue de M. Dorange et différentes notes ou listes du XVIIe, du XVIIIe et du XIXe siècle, j'ai dressé un état des manuscrits qui ont disparu en tout ou en partie, et, dans la plupart des cas, j'ai pu déterminer la date approximative de la disparition. J'ai comparé l'état ainsi obtenu avec le catalogue des manuscrits de Libri, et j'ai fini par acquérir la preuve que 24 articles du fonds Libri provenaient de vols commis à la bibliothèque de Tours. Je vais en donner l'énumération, en renvoyant à un mémoire spécial, qui vient de paraître[1], et dans lequel chacune de mes identifications est justifiée par des rapprochements péremptoires.

N° 1 du fonds Libri. Saint Hilaire, en lettres onciales. — N° 23 de Saint-Martin. Etait encore à Tours en 1826.

N° 6. Les Prophètes, en lettres onciales. — N° 90 de Marmoutier. Etait encore à Tours en 1842.

N° 8. Fragments d'un manuscrit d'Eugyppius. — N° 50 du second catalogue des manuscrits de Saint-Martin.

N° 13. Pentateuque, avec peintures, en lettres onciales. — N° 4 de Saint-Gatien. Etait encore à Tours en 1842.

N° 14. Les Evangiles, en caractères anglo-saxons. — N° 8 de Saint-Gatien. Etait encore à Tours en 1842.

N° 21. Traités philosophiques de Cicéron, de l'époque carlo-

1. *Notice sur les manuscrits disparus de la bibliothèque de Tours pendant la première moitié du dix-neuvième siècle*. Paris, Champion, 1883. In-4° de 200 p. (Extrait du tome XXXI des *Notices et extraits des manuscrits*.)

vingienne. — N° 33 de Saint-Martin de Tours. Etait encore à Tours en 1840.

N° 22. Virgile, du xie siècle. — Du fonds de Saint-Martin de Tours. Etait encore à Tours en 1840.

N° 24. La Thébaïde de Stace, du xie siècle. — Du fonds de Saint-Martin de Tours. Etait encore à Tours en 1842.

N° 25. Commentaire de Priscien sur les premiers vers de l'Enéide. — Ce sont des feuillets arrachés postérieurement à l'année 1840 dans le ms. 122 de Marmoutier, aujourd'hui n° 887 de la bibliothèque de Tours.

N° 30. L'Arithmétique de Bède et l'Astronomie d'Aratus. Volume de 97 feuillets, qui ont été arrachés depuis l'année 1842, à la fin du ms. 42 de Saint-Martin, aujourd'hui n° 334 de la bibliothèque de Tours.

N° 36. Sacramentaire carlovingien, avec le canon sur parchemin pourpré. — N° 65 de Saint-Gatien. Etait encore à Tours en 1842.

N° 42. Traité de saint Augustin sur la doctrine chrétienne. — N° 74 de Saint-Martin.

N° 73. Poème de saint Orient et Vision de Wettin. — Fragment arraché, postérieurement à l'année 1842, dans le ms. 118 de Saint-Martin, aujourd'hui n° 284 de la bibliothèque de Tours.

N° 75. Opuscules de saint Augustin. — Cahiers arrachés, postérieurement à l'année 1842, à la fin du ms. 153 de Saint-Martin, aujourd'hui n° 281 de la bibliothèque de Tours.

N° 87. Traité de Bède sur la Nature des choses. — Volume de 22 feuillets arrachés, postérieurement à l'année 1842, dans le ms. 42 de Saint-Martin, aujourd'hui n° 334 de la bibliothèque de Tours.

N° 88. Opuscules sur les poids, les mesures, etc. Volume de 23 feuillets arrachés, postérieurement à l'année 1842, dans le ms. 42 de Saint-Martin, aujourd'hui n° 334 de la bibliothèque de Tours.

N° 91. Histoire tripartite. — N° 143 de Saint-Gatien.

N° 101. Traité de droit canon, en provençal. — N° 186 de Marmoutier.

N° 105. Pièces provençales, en prose et en vers. — Du fonds de l'abbaye de Marmoutier, et précédemment de la collection Lesdiguières.

N° 106. Vie de saint Honorat. — N° 164 de Marmoutier.

N° 108. Roman des oiseaux, en provençal. — N° 258 de Marmoutier.

N° 109. Méditations de saint Bonaventure, en provençal. — N° 165 de Marmoutier.

N° 110. Le Nouveau Testament, en provençal. — N° 308 de Marmoutier.

N° 112. Vie de saint Alexis, en vers français, etc. — N° 239 de Marmoutier.

MANUSCRITS D'ORLÉANS.

Libri a infligé aux manuscrits d'Orléans un traitement analogue à celui qu'ont subi les manuscrits de Tours. Tantôt il a arraché des parties de volumes, tantôt il a enlevé des volumes entiers ; mais à Orléans, comme les manuscrits étaient régulièrement cotés depuis la publication du catalogue de Septier, en 1820, le voleur se crut obligé de remplacer les volumes précieux, qu'il s'appropriait, par des volumes plus ou moins insignifiants, qui étaient restés en dehors du classement régulier. La plupart des fraudes n'ont été reconnues que dans ces derniers mois ; j'ai pu les constater, grâce à l'obligeant concours de M. Loiseleur, le savant et ingénieux conservateur de la bibliothèque d'Orléans, et à des communications de M. Cuissard, connu par d'intéressants travaux sur plusieurs manuscrits de ce dépôt.

Voici comment peut s'établir, au moins provisoirement, la liste des manuscrits du fonds Libri, qui viennent de la bibliothèque d'Orléans.

N° 9. Homélies de saint Augustin, en lettres onciales. — Volume de 24 feuillets, qui formaient jadis les p. 98-113, 248-263, 328-343 du ms. 131 d'Orléans.

N° 11. Homélies de saint Augustin, en lettres onciales. — Volume de 40 feuillets, qui formaient jadis les p. 168-247 du ms. 131 d'Orléans.

N° 18. L'Art de Donat, copie du IXe siècle. — Volume de 66 pages, arrachées en tête du ms. 250 d'Orléans.

N° 19. Commentaires sur Priscien. — Volume de 56 feuillets, arrachés au milieu du ms. 87 d'Orléans, dont ils formaient les pages 247-358.

N° 31. Traités de Boèce, de Porphyre, etc. — Volume de 60 feuillets, arrachés à la fin du ms. 223 d'Orléans, dont ils formaient les pages 100-217.

N° 35. Vies de saints, etc. — Cahiers arrachés à la fin du ms. 167 d'Orléans, dont ils formaient les pages 101-197.

N° 37. La seconde édition de Donat. — Volume de 63 feuillets, arrachés dans le ms. 215 d'Orléans, dont ils formaient les pages 32-157.

N° 39. Règle des chanoines réguliers. — C'est le ms. 123 d'Orléans.

N° 41. Recueil de conciles, de capitulaires, etc. — Volume de 153 feuillets, décrit par dom Louis Fabre comme appartenant à la bibliothèque publique d'Orléans.

N° 45. Traité de Comput, etc. — Volume de 14 feuillets, arrachés en tête du ms. 15 d'Orléans, dont ils formaient les pages 1-28.

N° 46. Vies de Saints. — Volume de 120 feuillets, arrachés dans deux manuscrits ; je n'ai pas encore déterminé avec certitude d'où viennent les feuillets 1-30 ; mais les feuillets 31-120 ont été arrachés dans le ms. 289 d'Orléans, dont ils formaient les pages 193-379.

N° 47. Fragment de Martyrologe. — Volume de 31 feuillets, arrachés en tête du ms. 274 d'Orléans.

N° 48. Vies de Saints. — C'est le ms. 281 d'Orléans.

N° 78. Fragments de deux manuscrits. Les 28 premiers feuillets (Office de sainte Foi, avec notation musicale) ont été arrachés dans le ms. 296 d'Orléans, dont ils formaient les pages 17-72. — Les 8 derniers (*Compositio monocordi secundum Boetium*) sont les pages 33-48 du ms. 240 d'Orléans.

N° 82. Explication de la Messe, etc., du IXe siècle. — Cahiers arrachés à la fin du ms. 94 d'Orléans.

N° 84. Code Théodosien, etc. — C'est le ms. 207 d'Orléans, dont les travaux de Hænel ont fait connaître l'importance.

N° 85. Fragments de divers manuscrits. — Le premier de ces fragments se compose de 4 feuillets, arrachés dans le ms. 207 d'Orléans, et cotés 98-101 dans la description de Hænel.

N° 90. Traités de Bède, d'Isidore de Séville, etc. — C'est le ms. 266 d'Orléans.

N° 92. Extraits de saint Grégoire, par Patérius. — C'est le ms. 51 d'Orléans.

N° 96. Fragments de manuscrits. Le premier fragment se compose des feuillets qui formaient les pages 84-109 du ms. 122 d'Orléans et qui contiennent l'éloge de la Croix, par Raban Maur.

Pour les manuscrits dont l'énumération précède, et pour d'autres encore, j'ai donné, ou je donnerai, quand le moment sera venu, la preuve qu'ils ont tous été volés vers 1842, et les arguments dont je dispose sont aussi péremptoires que ceux qui ont été invoqués pour le Pentateuque de Lyon, et dont lord Ashburnham a lui-même reconnu la valeur, quand il s'est spontanément décidé, en 1880, à rendre à la France les cahiers de ce célèbre manuscrit achetés par son père en 1847.

Ce sont donc des vols qui ont fait passer beaucoup de manuscrits de nos bibliothèques publiques dans la collection du comte d'Ashburnham. Mais il y a plus : je puis montrer que les vols ont été commis par celui-là même qui a mystérieusement exporté ses manuscrits en Angleterre en 1847. La preuve en est facile à donner. Je raisonne toujours sur les manuscrits de Lyon, de Tours et d'Orléans, que des circonstances particulières m'ont mis à même de mieux connaître.

En 1847, Libri a vendu à lord Ashburnham les cahiers arrachés des manuscrits 329, 351, 372, 381 et 521 de Lyon. Il possédait ces cahiers au moins depuis la fin de l'année 1845, puisque, dès le mois de janvier 1846, il correspondait avec Panizzi pour les vendre au Musée britannique. Or, j'ai sous les yeux les notes autographes très détaillées que Libri a prises à Lyon en 1842, sur les mêmes mss. 329, 351, 372, 381 et 521.

En 1846 et en 1847, Libri trafique de 24 manuscrits ou morceaux de manuscrits dérobés à la bibliothèque de Tours. Or, treize de ces manuscrits ou morceaux de manuscrits, ceux auxquels il avait donné les n°s 6, 13, 14, 24, 30, 36, 73, 75, 87, 88, 106, 110 et 112, avaient été examinés par lui en 1842, à la bibliothèque de Tours : un heureux hasard nous a conservé les notes autographes qu'il leur avait consacrées, pour compléter et corriger le catalogue de Chauveau.

De même, nous avons la preuve écrite que Libri a passé en revue, en 1842, les manuscrits 51, 123, 131, 207, 250 et 281 de la bibliothèque d'Orléans, manuscrits qu'il a, en tout ou en partie, essayé de vendre en 1846 et vendus en 1847.

Voilà donc, pour nous en tenir à des faits matériellement établis, voilà 24 manuscrits que Libri a vus dans nos bibliothèques en 1842, 24 manuscrits sur lesquels il a pris des notes plus ou moins développées et dont parfois il a calqué plusieurs lignes, pour en mieux fixer la paléographie dans sa mémoire. Ce sont généralement des manuscrits d'une haute antiquité, des monuments uniques, dont un connaisseur ne perdra jamais le souvenir quand il aura eu la bonne fortune de les examiner et de les exhumer de l'oubli, ce qui était le cas des volumes déposés, il y a quarante ans, dans les bibliothèques de Lyon, de Tours et d'Orléans.

Or, moins de quatre ans après, Libri se trouve détenteur de ces 24 manuscrits; il les met secrètement en vente et finit par les céder à un amateur étranger. Comment admettre que, dans les manuscrits possédés par lui en 1845, il n'ait pas reconnu les manuscrits dont il avait lui-même, en 1842, pris le signalement à Lyon, à Tours et à Orléans?

S'il ne s'agissait que de deux ou trois volumes, on pourrait supposer une défaillance de mémoire; mais l'explication ne saurait être admise quand on se trouve en présence de plus de vingt articles, et encore ai-je laissé de côté tous ceux pour lesquels je n'ai pas le témoignage autographe de l'accusé.

Libri n'a donc pas ignoré l'origine des 24 manuscrits que j'ai pris pour exemples; sachant bien qu'ils avaient été volés dans nos bibliothèques, il n'aurait pas dû les acquérir si des marchands étaient venus les lui proposer. Mais il ne les a pas achetés, il les a dérobés. Quel autre que lui était capable de les choisir? Quel autre aurait eu les moyens, soit d'enlever de gros volumes, soit d'arracher les feuillets susceptibles de former de petits volumes, auxquels on donnait l'apparence de manuscrits complets? Quel autre aurait pu se livrer à cette coupable industrie dans trois villes différentes, à Lyon, à Tours et à Orléans? Quel autre, pour dépister les recherches, se serait avisé de revêtir de reliures pseudo-italiennes les manuscrits dérobés dans nos bibliothèques et d'y ajouter des notes tendant à faire croire qu'ils avaient jadis appartenu à Saint-Pierre de Pérouse, à Sainte-Marie de Florence, à Saint-Zénon de Vérone, à Grotta-Ferrata, etc.?

Il est donc avéré que Libri a lui-même volé les manuscrits qui donnaient le plus de relief à ses collections. Nous l'avons surpris en flagrant délit dans les bibliothèques de Lyon, de Tours et d'Orléans, et nous nous expliquons qu'il ait eu hâte de faire clandestinement passer à l'étranger le fruit de ses rapines.

VI. — Dépréciation des fonds Libri et Barrois résultant de l'origine suspecte d'une partie de ces fonds.

Le public est donc suffisamment édifié sur l'origine d'une partie des fonds Libri et Barrois. Il sait que beaucoup de volumes dont ils sont composés proviennent de vols et que, pour les rendre méconnaissables, les voleurs les ont découpés par morceaux, qu'ils ont interverti l'ordre des cahiers, qu'ils ont fait disparaître les anciennes gardes et qu'ils ont commis les faux les plus grossiers.

De telles mutilations et de telles souillures ont singulièrement déprécié les manuscrits qui en ont été les victimes. Mais, ce qui contribue encore plus à en amoindrir la valeur vénale, c'est la difficulté et même l'impossibilité de les vendre en France. A cet égard, je puis répéter ici ce que j'ai eu l'honneur d'écrire, en 1880, au comte d'Ashburnham, pour lui démontrer que la valeur vénale des manuscrits Libri et Barrois ne devrait pas être fixée d'après les prix obtenus dans les ventes où la concurrence des amateurs et des établissements publics du monde entier peut se donner un libre cours.

« Il n'en serait pas ainsi, lui disais-je, le jour où vous exposeriez vos collections aux hasards des enchères. Quoi qu'il arrive, en effet, le Gouvernement français déclarera hautement que, s'il ne peut faire valoir à l'étranger son droit imprescriptible et inaliénable sur les manuscrits dérobés aux bibliothèques publiques, il se réserve de poursuivre la réintégration de ceux de ces manuscrits qui, à un moment donné, rentreraient en France, comme cela vient d'arriver pour un précieux volume acheté par un libraire français à la vente Perkins, en 1873.

« Les libraires et les amateurs français seront prévenus que les collections Libri et Barrois sont remplies de manuscrits d'origine suspecte sur lesquels le Gouvernement français est résolu à faire reconnaître son droit de propriété, le jour où les manuscrits entreront en France. Cette considération pourra même refroidir les libraires et les amateurs anglais : ils sauront, en effet, que ni eux, ni leurs héritiers ne doivent songer à vendre en France, même à l'amiable, les manuscrits provenus de vols qu'aucune prescription ne pourra couvrir. Les établissements publics eux-mêmes seront fort réservés. Ils hésiteront à recueillir des monuments, excellents par eux-mêmes, mais auxquels les noms de Libri et de Barrois ont donné une triste célébrité.

« Les manuscrits Libri et Barrois n'ont donc, ni pour les particuliers, ni pour les établissements publics, la valeur de manuscrits ordinaires. Depuis qu'on sait de quelle façon ont été formées les collections Libri et Barrois, ces collections ont été frappées de discrédit aux yeux de tous les juges impartiaux. En les acquérant, on craindrait de passer pour un complice des Barrois et des Libri, et d'avoir son nom associé au nom de voleurs et de faussaires dont personne n'ose plus prendre la défense. »

Les administrateurs des bibliothèques publiques obéiront, eux surtout, à des considérations d'un ordre aussi élevé. Ils ne seront pas jaloux de faire entrer dans leurs dépôts des manuscrits falsifiés et des lambeaux de manuscrits dont l'arrachement a laissé des blessures toujours saignantes au cœur des plus précieux volumes des bibliothèques françaises.

Ils s'inspireront de l'exemple que les Trustees du Musée britannique ont donné en 1878, quand ceux-ci ont accepté les conditions d'un échange qui nous a permis de rétablir à leur place des feuillets arrachés depuis 1707 dans la seconde Bible de Charles le Chauve et dans plusieurs autres manuscrits de la Bibliothèque nationale. La loyauté et la cordialité des rapports qui unissent entre eux les établissements publics des pays civilisés feront partout repousser des projets d'acquisition dont la réalisation aurait pour effet de consacrer d'inqualifiables actes de piraterie et de vandalisme.

La nation qui achèterait en bloc les collections de lord Ashburnham, pour les recueillir dans un dépôt largement ouvert au public, mériterait bien de la science, et accroîtrait singulièrement son renom artistique et littéraire ; mais elle pourrait atteindre ce noble but, tout en ménageant à la France le moyen de réparer un grand désastre et de rétablir dans leur pureté première des monuments mutilés et déshonorés depuis bientôt un demi-siècle.

C'est ce qu'avait libéralement décidé le conseil des Trustees du Musée britannique, en déclarant, le 17 mars dernier, que les manuscrits dont la liste lui avait été soumise n'auraient pas dû sortir des bibliothèques de France et qu'il fallait laisser aux Français le moyen de les recouvrer.

Nous ne renonçons donc pas à l'espoir de rentrer un jour en possession de nos manuscrits et d'effacer une tache dans l'histoire de nos bibliothèques. Nous devons nous attacher à cet espoir alors surtout que la direction du département de l'instruction publique est confiée à un ministre passionné comme vous pour les intérêts de la science et pour le développement des grands arsenaux littéraires et artistiques de la France.

Daignez agréer, monsieur le ministre, l'hommage de mon profond respect.

L'administrateur général, directeur,

L. Delisle.

Post scriptum. — Dans le courant du mois de juillet 1883, le Gouvernement anglais a acquis pour le Musée britannique les manuscrits du fonds Stowe. Des journaux ont annoncé que lord Ashburnham les avait vendus pour 45,000 l. st. (1,125,000 fr.).

(Extrait de la *Bibliothèque de l'École des chartes*, t. XLIV, 1883.)

Nogent-le-Rotrou, imprimerie Daupeley-Gouverneur.

www.ingramcontent.com/pod-product-compliance
Ingram Content Group UK Ltd.
Pitfield, Milton Keynes, MK11 3LW, UK
UKHW020540180726
13839UKWH00006B/2636